I0548706

FRUITS

DE CHOMAGE

PAR

UN OUVRIER DU PORT DE LA VILLETTE.

Paupertas impulit audax
Ut versus facerem.   HORAT.

———— ◆◉◆ ————

PARIS,

IMPRIMERIE D'ÉDOUARD BAUTRUCHE,

RUE DE LA HARPE, 90.

—

1846

PRÉFACE.

Je ne viens point ici, prêcheur humanitaire,
Parquer le genre humain dans un grand phalanstère,
Crier que l'Industrie est un infâme dol,
Tout riche un criminel, tout patrimoine un vol.
Prêcher la liberté, la menace à la bouche,
Substituer aux lois le code de Cartouche,
C'est flétrir dans le cœur du riche épouvanté
Le germe frêle encor de la fraternité,
C'est indéfiniment vouloir laisser en friche
Le champ de l'alliance et du pauvre et du riche.
L'indigent a besoin, pour rentrer dans ses droits,
D'avocats moins criards, partant moins maladroits;
L'exagération au ridicule mène;
La vérité n'a point ce ton d'énergumène.

Pour l'ouvrier malade et privé de travail,
Que réclamè-je? Un coin de caravanserail,
Une couche, un foyer, l'abri d'un toit de chaume,
Quand le givre hibernal le fouette et veut qu'il chôme.
Les temps viendront sans doute où maître et serviteur
Abjureront entre eux la rancune et la peur,
Et, se tendant la main comme un peuple de frères,
S'aideront à porter leurs communes misères;
L'égoïsme actuel veut étouffer en vain
Le germe d'un prodige éclos d'un sang divin :
Du Christ libérateur la sublime morale
Devant le même père et sur la même dalle
Finira par courber et le faible et le fort,
Et le riche et le pauvre, égaux devant la mort.

Espérons, espérons, travailleurs, nous qu'assiége
Le chômage, le froid, la faim, hideux cortége!
Pour qui l'heure présente, ou de jour ou de nuit,
Est une heure de trouble et d'angoisse et d'ennui!

L'espérance est un vin généreux que Dieu verse
Au voyageur lassé, qui, haletant, traverse,
Sans guide, sans bâton de voyage et sans eau,
Cet immense désert qui conduit au tombeau.

Voyageur imprudent, j'ai fait la faute lourde
De n'avoir pas rempli ni mon sac ni ma gourde,
Mais je me fie en Dieu réparateur et bon
Qui réconfortera le piéton moribond,
Et dont la providence équitable, indulgente,
Saura fixer les yeux sur le grillon qui chante.

Donc, j'espère et je chante au bord des grands chemins,
Et, pour prix de mes gais et consolants refrains,
En dépit du travail qui me fait banqueroute,
J'obtiens des voyageurs des vivres pour ma route.

CHANSON DES OUVRIERS DU PORT DE LA VILLETTE.

—

Quand l'aube naît nous nous levons
Prêts à l'ouvrage
Et remplis de courage;
Nous débutons, gais compagnons,
Par déguster quelques *canons*;
Nul n'est rebelle à cet usage,
Car boire dur pour travailler plus fort,
C'est le refrain des ouvriers du port.

Nos bras sont forts, nos cœurs sont francs;
Notre parole,
Sûre et jamais frivole;
Du veau, du pain et du vin blancs

Plus que des rois nous font contents.
Vive le veau qui nous console,
Vive le vin dont le doux philtre endort!
C'est le refrain des ouvriers du port.

Monarques en blouse, en sabots,
Pour tout royaume
Nous n'avons rien qu'un chaume,
Un lit de paille, et, pour impôts,
L'écume du vin dans les pots;
Mais au camarade qui chôme
Offrir gaîment moitié de ce trésor,
C'est le refrain des ouvriers du port.

Si nos guenilles, sur les quais,
Avec le faste
Font risible contraste,
Nous en sommes fiers et coquets
Plus que des galons d'un laquais.
Préférer le ciel libre et vaste
A l'esclavage emprisonné dans l'or,
C'est le refrain des ouvriers du port.

Pourvu que prête le soleil
A la besogne
Sa face bourguignonne,
A l'aspect de son front vermeil
Notre bonheur est sans pareil;
On *relève*, on *empile*, on *cogne*,
On *colletine*, on *bûche*, on chante *à mort*.
Tous les refrains des ouvriers du port.

A MONSIEUR HUGON FILS.

—

Sur mes jours obscurcis par la sombre misère
Quoi! vous daignez verser un rayon de lumière,
Quoi ! sans incriminer mes travers, mes défauts,

De la faim qui m'abat vous ébréchez la faulx...
Soyez trois fois béni, car, en ce siècle avare,
L'égoïsme a rendu la bienfaisance rare,
L'Opulence repue hélas! s'informe peu
Si le pauvre a du pain, si le pauvre a du feu!.

Vous n'êtes point enfant de ce siècle égoïste :
Confus, humilié, le front pâle, l'œil triste,
A vous vient un poète, un fou comme le croit.
Maint fœtus de cerveau que loge un crâne étroit,
Et vos bras, sans frémir des haillons qui le couvrent,
Comme des bras de frère ou de vieil ami s'ouvrent;
Et cependant de lui, poète sans renom,
Vous ignoriez hier l'existence et le nom.

Oh! de cette action unique, grande, sainte,
Mon âme à tout jamais conservera l'empreinte,
Vous n'avez pas semé sur un ingrat terrain
D'un semblable bienfait l'indélébile grain ;
Ma verve, au lieu de fiel distillant l'ambroisie,
Adoucira pour vous sa rude poésie,
A mon nom votre nom, dans tous mes vers lié,
Vivra si le mien vit et n'est point oublié...
En vous associant à mon espoir, ma gloire,
Je le sais, je vous paie en monnaie illusoire,
J'agite des écus, et rien qu'avec leur son
Je prétends vous payer, débiteur sans façon;
Que dis-je? Je ne puis même offrir ce vain leurre;
De ma célébrité vainement j'attends l'heure;
Son carillon joyeux, son émouvant tocsin
Jusqu'à présent n'a pas fait palpiter mon sein...

Mais peut-être, exalté par la reconnaissance,
Mon génie est-il prêt pour un essor immense;
Au feu de vos bienfaits soudain épanoui,
Peut-être il vous prépare un poème inoui,
Un poème, sonore et sublime fanfare

Dans la musique hélas! de jour en jour plus rare,
Chantera le bienfait sans faste et sans fierté
Et sans bassesse aussi noblement accepté.

LÉGER BAGAGE.

—

Je suis un homme libre, moi,
Et jamais mon chant de cigale
Ne me gagnera, sur ma foi!
De sépulture impériale;
Du beau ciel de Dieu l'air béni
Me va mieux qu'une citadelle;
Oiseau, je n'habite qu'un nid
Où je vais reposer mon aile...
Je m'y sens gai comme un pinson;
Tout mon avoir c'est ma chanson.

Pour moi vouloir c'était avoir,
Comme tant d'autres, les mains pleines,
Quand à ses féaux le pouvoir
Donnait d'opulentes étrennes.
Mais toujours ma noble fierté
Aux offres se montra rebelle;
Abrité sous ma pauvreté,
J'ai sifflé, sifflé de plus belle;
Indocile au frein, au bâillon,
Tout mon avoir c'est ma chanson.

De ma tonne à peine s'il sort
Un vin cher à mon infortune;
Le soleil levant c'est mon or,
Tout mon argent, le clair de lune;
A l'automne, lorsque mon front
Devra plus d'une blonde raie,

Pas d'héritiers qui me diront :
« Meurs bien vite ! » Car ma monnaie
Je l'ai frappée, à ma façon...
Tout mon avoir c'est ma chanson.

Pour l'agreste ronde du soir
J'ai des refrains pleins d'harmonie,
Mais jamais je n'ai cru devoir
Mes hymnes à la tyrannie.
D'un palais je fuis les degrés
Mais j'escalade une colline...
D'autres tirent leurs lots dorés
De la fange et de la ruine ;
De fleurs, moi, je fais ma moisson;
Tout mon avoir c'est ma chanson.

Vers toi, vers toi volent mes vœux,
O belle enfant ! que n'es-tu mienne ?
Mais fille coquette, tu veux
Que de rubans on t'entretienne ;
Il me faudrait servir... jamais !
Ma liberté n'est point à vendre,
Comme j'ai su fuir les palais,
Des piéges qu'Amour veut me tendre
Je saurai sauver ma raison,
Tout mon avoir c'est ma chanson.

LE DE PROFUNDIS DE LA NATURE.

Décidément le Siècle est à la mécanique ;
L'imagination le cède à la vapeur,
Aux œuvres de l'esprit le piston fait la nique,
Et des chemins de fer la poésie a peur.

Le cuivre, le charbon, le coke et la ferraille

Sont les utiles dieux du monde industriel
Qui souffle, forge, tourne, ajuste, lime et raille
L'Amour et la Chanson, ces deux jumeaux du ciel.

Dans les champs éthérés votre ancienne patrie
Dont, pour notre bonheur, Dieu vous avait bannis,
Ah ! remontez, amour ; remontez rêverie ;
Nous ne comprenons plus vos charmes infinis.

D'ailleurs, dans l'univers reste-t-il bien encore
Un seul coin pour le rêve, un seul coin pour l'amour ?
Ici, grince la scie, et là, l'usine arbore
A son minaret noir la flamme de son four.

O nature ! que Dieu nous fit abrupte et belle,
On ampute tes bois, on comble tes vallons,
On déchire tes flancs et tes verts mamelons,
Tes plans capricieux, nature, on les nivelle...

De tes sombres réduits, l'exil est violé ;
Tu n'es plus qu'un vain rêve, ô défunte campagne !
Que le bruyant chantier d'un gigantesque bagne
Où manœuvre à grands bras un peuple étiolé !

Quels sont tes horizons, quelles tes perspectives ?
Des briques, des plâtras et des terrains fouillés...
Le râle des wagons et des locomotives
A remplacé le chant des oiseaux effrayés.

Mon oreille, mes yeux, mon esprit, tout s'effare,
Quand au glas des sifflets, au cliquetis du fer,
Me frôle un lourd convoi, noir géant du Ténare,
Tonnant comme la foudre et prompt comme l'éclair.

Oh ! je sais comme vous, arpenteurs, géomètres,
Qu'il est beau d'effacer la distance et le temps,
Qu'il est presque divin de se rendre les maîtres
Et les ordonnateurs de tous les éléments,

Vers le *mieux* inconnu je sais qu'il faut qu'on marche ..
Mais je crains bien hélas! Civilisation,
Que de ton avenir pensant construire l'arche,
Tu n'élèves Babel à ta confusion !

Oui, le fer qu'on étire en bandes parallèles,
Les wagons, les remblais, les ponts, les viaducs,
Ces ouvrages d'hier mesquins, déjà caducs,
S'annihilent devant les œuvres éternelles !..

Poursuis donc, ô Science ! atteins ton noble but :
De la grande nature éventre bien la robe,
Comme on ferre un cheval, ferre l'immense globe;
Puis, calcule combien durera Lilliput !..

Hélas! il durera, vérité triste et sombre !
Industrie, ô cyclope avide de profits,
Juste le temps qu'il faut pour qu'il s'écroule et sombre,
Frêle que tu l'as fait! sur nos malheureux fils.

Cependant, où trouver un ombrage où s'endorme,
Au concert du feuillage et des pinsons joyeux,
De marche et de soleil le piéton anxieux ?
Sur les chemins de fer plus de pinson ni d'orme ?

O Karr! tu l'as prédit : « L'antique grand chemin
« Pavé de grès, bordé de verdure et d'ombrage,
« Sera réinventé, dans cent ans, par un Sage
« Que l'on proclamera l'ami du genre humain.

Dans cent ans, ô piétons, ô rêveurs, ô poètes !
Ces molles oasis si bonnes au dormir,
Nous pouvons espérer de les voir reverdir ;
Mais hélas! dans cent ans, nos voix seront muettes...

Dans cent ans, je l'admets, l'univers sera beau,
Il sera, j'en conviens, un pays de Cocagne...
Mais hélas! mais hélas ! rêve, amour, chant, campagne,
Tout se résumera pour nous dans un tombeau !

ÉTRENNES.

A MM. HUGON FILS ET HAIRION.

—

Nos bons aïeux, les vieux Gaulois,
Lorsque Janus ouvrait l'année,
Chantaient Janus à pleine voix ;
La Gaule entière, enluminée,
Courait, par ribambelle, aux bois
Ravir au tronc noueux des chênes
Le gui, calmant des vieilles haines,
Le gui, religieux gazon
Qui préservait des sortiléges
L'âtre et le toit de la maison ;
Le gui qui sur les sacriléges
Produisait l'effet que produit
Sur Lucifer et sur sa clique,
Le *vade retrò* catholique,
Ou l'Eau-bénite d'aujourd'hui.

Pour en écarter le tonnerre,
Le rat, le mulot, le sorcier,
On en tapissait la chaumière,
De la cave jusqu'au grenier ;
Quand sa femme avait la migraine,
La coqueluche, son enfant,
Le mari leur faisait l'étrenne
De ce remède triomphant ;
Fièvre, farcin, rougeole, onglée,
Morve, hystérie et clavelée,
Maux de cheval, d'homme ou de bœuf,
Avaient le gui pour panacée,
Cette phrase étant prononcée
Au jour de l'an : « *O Gui, l'an neuf!*

Messieurs, ma muse est trop malade

Pour que j'aille cueillir au bois
Cette mirifique salade
Qui guérissait les vieux Gaulois,
Mais je vous offre, à défaut d'elle,
Ce que renferme mon jardin :
Une fleur inodore et frêle...
Si vous l'accueillez sans dédain
Sa vertu devient souveraine
Sur mon âme en proie au chagrin.
De mon avenir incertain
Le ciel troublé se rasserène,
Et je suis payé de ma peine
Si cette épître a le destin
De vous convenir pour étrenne.

De douter et d'elle et de moi
Veuillez me pardonner l'angoisse,
Celui qu'un sort rigoureux froisse
A cent justes sujets d'effroi. . .
Quand un rimailleur de ma sorte,
Messieurs, tombe dans le pétrin,
On lui suppose une cohorte
De mille passions sans frein ;
C'est un joueur, c'est un ivrogne,
Un goinfre, un paillard sans vergogne.
Il gèle, il a soif, il a faim. . .
« C'est bien fait ! » Voilà le refrain
Dont, pour consoler sa disgrâce,
Un chacun lui jette à la face.
Celui qu'un sort malencontreux
Couche, grelottant, sur la paille,
Est un pendard, un rien-qui-vaille,
Un syphilitique, un lépreux
Qu'on abandonne à la huaille
Des gamins, comme un chien galeux.

Hélas ! il est vrai, le poète,

De l'existence insoucieux,
S'embourbe par sa faute et prête
Aux propos des malicieux ;
C'est un faible enfant qui trébuche,
Au premier choc, au premier pas,
Un étourneau que toute embûche
Est bonne à prendre entre ses lacs ;
C'est un cerveau brûlé qui rêve,
Dans un lit veuf de tout rideau,
Qu'il est dans un *Eldorado*,
Au bord d'un lac bleu dont la grève
A pour galets des diamants ;
—Dans un séjour d'enchantements
Où son œil caresse en extase
De frais appas que rien ne gaze ;
—Dans un palais tout de corail
Où péris, ondines et fées,
D'étoiles de flamme coiffées,
Devant lui, Sultan du sérail,
De haine jalouse étouffées,
Viennent solliciter l'honneur
De coucher avec Monseigneur.
Fut-il, ainsi que Job le maure,
Encorné, lépreux, endiablé,
A l'ombre d'un frais sycomore
Il s'imagine être étalé,
Egratignant une mandore
Et savourant un narghilé !

Messieurs, Messieurs, de ces doux songes
Descendre à la réalité,
Hélas ! quelle calamité !
Eh bien ! heureux de ces mensonges
Autant que de la vérité,
Qu'il soit les pieds nus dans la crotte,
Qu'il ait faim, soif, ou qu'il grelotte,
Le poète en est entêté.

Que lui font la terrestre fange
Et les aiguillons du besoin ?
Tour-à-tour roi, sultan, sylphe, ange,
De nos maux il plane bien loin !

Voilà son défaut, son seul vice ;
Voilà pourquoi, toujours Gros-Jean,
S'il réalise un bénéfice ,
Hélas ! Messieurs, c'est en rêvant !
Mais, miséricorde ! j'y pense. . . .
N'allez pas croire que d'un fou
Envers vous la reconnaissance
Soit un rêve à dormir debout,
Ni que les sincères hommages
D'un flamand des plus ingénus,
Soient d'un payen à deux visages
Comme le dieu du jour, Janus.

DÉPART.

A MADAME B*.

—

Le corps s'en va, mais l'âme te demeure,
Ange ou démon, adieu jusqu'au retour ;
Je pars hélas ! mais Laurence, à toute heure,
Ton nom béni me parlera d'amour !

Ton nom béni, si mon ciel devient sombre,
Luira sur moi comme une étoile d'or,
Si le soleil me brûle, il sera l'ombre
Où le piéton se repose et s'endort ;

Ton nom béni que de mes pleurs j'arrose,
Est enivrant comme un parfum de rose,
Suave et doux comme un rayon de miel ;

Ce nom, j'en sèche et d'amour et de rage,
Pour moi ne fut qu'un splendide mirage,
Un autre en toi cherche et trouve le ciel.

ÉTRENNES A MA MÈRE.

—

Lorsque de l'Océan les vagues expirées
Ont cessé d'insulter les grèves délabrées
      Par leurs puissants assauts;
Quand la lutte est finie entre le ciel et l'onde,
Que la nue aux flancs noirs se mire, rose et blonde,
      Dans l'outremer des eaux;

Lorsque de l'ouragan la fougueuse spirale
Ne fouette plus la mer qui sanglotte et qui râle,
      Secouant ses crins ords
Ainsi qu'une cavale indomptée et farouche
Dont le flanc se refuse à l'éperon, la bouche,
      Aux entraves du mors;

Quand d'un soleil douteux le rayon doux et pâle
Argente le flot glauque, et, de nâcre et d'opale
      Teint le nuage obscur,
Que le galet scintille, et que d'un ton plus fauve
S'illumine le front de la falaise chauve
      Dans un naissant azur;

Le monde à l'agonie et prêt à se dissoudre
Au creuset des éclairs, des trombes, de la foudre,
      Reprend un front vermeil,
L'espérance renaît plus vive et plus profonde...
Ma mère, il n'a fallu, pour ranimer le monde,
      Qu'un rayon de soleil.

On voit bien, il est vrai, le vaste flanc des plages
Sillonné par les flots que poussaient les orages,
      Et, brisés par le choc

De la foudre et du vent, épars sur les falaises,
Quelques pins isolés, quelques rares mélèzes
      Sans racines au roc.

Mais Dieu de la nature est le principe et l'âme;
Sa droite paternelle exprime le dictame
    Sur le monde ulcéré...
Que coûte à qui pourrait, d'une seule parole,
Créer un univers, cette modique obole
    D'un fléau réparé ?

Frêles humains hélas! ainsi que la nature,
Nous sommes les jouets d'un orage qui dure
    Au gré des sens vainqueurs!
Longtemps, houleuse mer, l'âme humaine bouillonne,
Et, comme sous l'assaut des vagues se sillonne
    La plage, ainsi nos cœurs !

Mais quand des passions sur notre âme acharnées
S'amortissent enfin les trombes effrénées,
    Un calme doux et frais
Nous arrive, attiédi par un rayon céleste,
Et si d'espoirs brisés quelque angoisse nous reste,
    Pour calmer nos regrets,

Ma mère, il ne nous faut qu'un doux regard de celle
Dont nous avons sucé, tout enfants, la mamelle,
    Et de qui la chanson
Savait nous endormir, malgré les douleurs vives
De nos naissantes dents qui perçaient nos gencives,
    Bercés dans son giron !

Car à l'enfant vieilli dont l'âme fut en butte
Au choc des passions dont il soutint la lutte,
    Le souris maternel
Est le soleil qui rit au globe après l'orage,
L'œil de Dieu dont l'éclat dissipe le nuage
    Et découvre le ciel !!

FIN.

www.ingramcontent.com/pod-product-compliance
Lightning Source LLC
Chambersburg PA
CBHW072359190626
46811CB00020B/2128